+ 第39届青春诗会诗丛 《诗刊》社／编

蒋静米 著

女巫聚会的前夜

长江出版传媒

长江文艺出版社

39 青
Youth 诗
Poetry 会

元复诗歌基金支持

蒋静米

1994年生，浙江嵊州人。曾出版个人诗集《互文之雪》，作品散见于《诗江南》《中国诗歌》等。曾获光华诗歌奖、徐志摩诗歌奖。

目录

辑一　少女巴洛克

辑二　女巫聚会的前夜

辑三　游园往事

辑四　古典剧场的帷幕

辑一　少女巴洛克

恋人的房间

我们经常靠着床沿谈论回南天，

现在墙壁变得干燥，青苔地不再绿，

你的头发在枕上化为玫瑰的灰烬。

漫长难熬的梅雨季竟也转瞬结束了，

像眼泪，流失时我们尚未尝到它的甜蜜。

唯有甜蜜的幽灵在舌面上发出酸涩。

当说爱的时候，我们首先说到友谊，

其次是同情，只因我们信任共同的痛苦，

超过未知的幸福。我们用破碎的，

修补着破碎的，又用湿淋淋的，

试图擦干净潮湿的。总是这样徒劳无益，

轻轻吻着虚无中的蓝。我要用我的眼睛，

流下你的眼泪，回赠你以孤僻的手，

所递给我的花朵和歌曲，它们柔软、蜷曲，

隐含着我仍不知道的永恒。

总有一天，万物都要像你一样对我说话，

叽叽喳喳的天使，围绕着你留下的旧台灯。

在恋人离去的房间，誓言消失，记忆不死，

爱情曾短暂地擦亮我们，

然后它要寻找下一张干净的餐桌，

重新制造杯盘狼藉的心。

悲伤的预感始于早春之夜：

我们在湖边追逐，树枝划破了你的短袖衫，

你身后长出燕子的尾羽，远远分开了纤弱的春天。

游园记

逃离家门时我们只带着雨伞，
透明的，布满黄色小花。
伞尖内部积聚着数年的残雨，
已发了霉，但是不必担忧。
只要有这把伞，
我们就可以抵御气候的变化，
必要时，我们也将它当作冷兵器，
向每一个可疑的路人挥舞。
一顶随身携带的屋檐，
足以令我们发誓不再寄人篱下。
穿过移动支付的都市阴云，
疲惫之躯们如同冗长代码般升起。
他们的灵魂总如笼子邀请宠物，
亲昵的手密布天空。
以至于总是忘记了，
我们和他们，都仅比天使微小一点儿。
这荒芜的花园中，爱是不可能的植物，
我们尖叫着运送种种荒谬：
伤害、失落、自我折磨……
人一旦热衷于说爱，
总说出所有与爱相反的词语。

然而尖叫无济于事。

在银河的花园中，

你只是一块幽暗的苔藓，

或者，一朵朝生暮死的无名花。

今天，我要为你披戴上晚霞，

当褴褛的皇后，浪迹于大路。

此刻，一定有圣徒正在为我们叹息，

因为战栗的闪电落在你睫毛上，

因为我们越追赶就越遥远。

这样两块小小的污渍，

却足以令天国背上爱的重担……

我们企图用雨伞遮住所有视线。

透明的，布满黄色小花。

写字楼蓝调

写字楼是灰尘铺满的心脏
是狮子大开口，咀嚼热烈的白炽灯泡
是加速祖国的驾驶室里摇摇欲坠的小挂件
是心脏里的小窗户打开
永远都有你金色头发的女同事
在窗台边铺开餐布吸烟

她和你一样年轻、好动，眼睛蓝得像囚徒
黄昏将她发尾的鼠尾草压低
你想摸摸她冰冷掌心里的仙后座
"椅子上的女士，北方的女王
请在我的歌声中重新登上宝座——"
如雪的工单　倾覆在你们之间
像极了荒芜的北极苔原
小天鹅和云莓在你结冰的湖上冻伤

打印机不会敲打出甜美的果酱和苹果醋
墨盒里也没有多汁可口的琥珀
梦啊，梦的皇帝，何时统治白昼的疆域
在那里你上缴了太多忧愁的税款
在那里你沿着河流寻找与她相交处的界碑

写字楼是明亮时髦的心脏
是心壁上的小窗户打开
永远有粉头发的新同事像花粉飞至
她在楼梯里铺开餐布吸烟
锁骨上的蓝蝴蝶响亮如奏鸣曲
亲爱的，你是否以为蝴蝶永远不会离开
在午休结束之前我们还来得及相亲相爱

旅　行

要描摹你是件困难的事
我手中尚且没有足够的靛蓝与黄金
请等一等这个囊中羞涩的人
她在祖国的南方消耗了太多山水
那里的危楼都要秀丽的骨头来支撑
多么令人厌烦！长大后我抱着苹果离开家门
发誓要当幼儿园里最没用的小熊
天空中最顽劣的云朵

现在是梅雨季应该结交俊友
应该好好照料胸口的苔藓
它会陪伴你远比幸福更忠诚
用清澈的钥匙打开天国之门
里面有恰恰舞也有犀牛角
你听说过一生只能打开一次的门吗
如果你有花荫你会把恋人困在那里吗
像胡椒粉一样加入月光和薄荷
你是调制"完美的约会"的魔女吗
可恶！这锅邪恶的汤已经煮得太甜腻
晚霞的甘梅味让人浑身发酸
奇诡的恋人吐出郁金香漫天的花粉

真是哀愁的季节！我避开了铁轨
以为不会再有凶案追逐倒霉的笨侦探而来
幸好我从郁金香里取出黄，从荆棘里取出蓝
因为爱是恋人们的荆棘
他们在荒岛上握着彼此不停地流血像异教徒
现在你会是河流上最美丽的亡灵
我们推着木头船去准备葬礼的进行曲
爱人，乖乖
我们唯有在童年时死去才能相逢于水面

游　龙

从自私而纯真的心愿里诞生的造物
没有什么比这更贴近
你的血管里响起我的脉搏
当你祈祷的时候我感到有点疼
当你在不断开合的世界另一端迷路
眼见冗长的游龙穿行过市井街巷
无限透明而几近于幻觉
明亮泡沫萦绕着热气蒸腾的拉面摊
邪恶之物因其无知而天真
你的双颊也升起雾气，如同新桃透彻
我忘了其实你并不会祈祷
那个让你垂首的神尚未诞生
蜷缩在遥远来世的洞穴里深眠
或是过早地夭折，脆弱黏稠的心
只要搅一搅就会变成凶险的风暴之海
梅雨天的沉闷并不由龙王造成
琼宫中的珊瑚也因灰霾而片片凋落
不可回避的鳞爪、灰白的巨腹
从屋檐勾勒出的狭隘流域经过
日常仅是悲剧缓慢无尽的预演
而你是一眼即可望穿的迷宫

捉在手心就不离去的蜻蜓
不需欺哄就会流泪的爱人

物　语

白虎驮来偷摘杏花的少女
经过幼儿园后门灰黑色的栏杆
而我站在对面看色彩鲜艳的滑梯
雨后的世界是巨大的镜面
经典的小学校老师
披挂露水的钢铁之花
成长是阻隔在我们之间的幽冥河
而谁会是顺水而来的被害者

在花里我唯独认识你的脸
转化是存在与消亡之间的秘诀
那时你黑发浸在河里
和流域内的水草长在一块
用少女心垂钓，上钩的何止是黄金卮
让我唱最后的谣曲，你倾心的那支
"辉煌的皇后，你的牢狱里关着春雨
整个帝国的乌云都成了一场错案"

爱若不是凶神，如何屏退死亡
正如少女若不是猛虎，又如何救世界
亲吻在你的纯白脸颊上落下阴影

杏花开得又细又缓慢从不结果

你跳下虎背在疏影里斜斜地告别

园中响起下课铃

惊梦的时刻倏忽而至：

你的脸上开出巨大而艳丽的龙爪菊

草　莓

草莓的棺椁是嘴唇
葬身于爱欲的酸海
"医生，我感到有点恶心"
白色草莓柔弱得像幼儿
晶莹、易腐
太轻了，像是怀抱着羽毛
你呼唤那位神秘学的上帝
灵魂是脑海的电波
离散在大气中随机寻觅
我终于有了变为你的可能
可能性的枝叶茂密而馥郁
凡人的眼色仍是观测
仍然使你成为更具体的物
你是翠色的鸟，又是赤色的蝶
爱将你固定为草莓
静物没有呼吸
被迫接受余温尚存的动词
"医生，我感到有点恶心"
人们总说顺其自然
这里并没有什么坏事
那以后你就知道

死是大束洁白的百合
轻轻划开纤弱的表皮
从爱里切割出香甜的莓果酱
亲吻是叉子，而你是布丁

游 戏

纷乱的可能性降落如轻雪与鲭鱼

在你散漫的额际折叠

是梦的国境线分开了你我

抑或灯塔的阴影摇晃着睡脸

由分歧选项而延伸出深邃的暗海

横亘在充满香辛料的大陆和冒险之间

夜是踏不尽的圆舞，生命是穷尽的选择

你将会在某个选择肢的终点等我

在此之前将红线拨弄得凌乱不堪

是恋情吧，是逃亡吗

有凶杀案发生谜底却是一个吻

俯身时才变成第一人称射击

痛饮心爱的子弹，王国里最苦涩的赢家

你赢得了琉璃的心晶莹而虚无

盛满结局应得的所有：声名、友谊与道德

幸运是惩罚的另一种面目

譬喻荆棘丛迎回了灰喜鹊

原来并无秘密的路途

所有的终点都通向你

坏果实

曾经你幼年的心里长出过藤蔓

如今的世界已被永恒侵蚀

所见之处都是尘埃

辉煌的尘埃：爱、城市、文明

如同丑陋的皇冠

流冕垂覆于灰白的面目前

它是如此巨大

即使远眺天际，也不过是如同心跳般的

蔚蓝色，繁殖着越来越多的希望

那些仰面的年少者

究竟是在等待豪雨

还是等待传说中未曾降临的神明

亟待拯救的太多

而屋檐和方舟都太少

你轻轻踩进我的覆水

倒映出危楼般生长的彩虹

死亡并未如想象中羽毛般轻盈

当它堆积成沉重的坟墓

你终于得知杀死所爱的代价：

每个恶果都由真心来应答

坏世界得到了应得的坏果实

电子亡灵

一整天了我都在搜索你的名字，

有时是派派，有时是佩佩，有时不像人类。

蓬松的棉花糖融化在游戏厅里，

夏天都是这样过去。

原来钱币没有堆积出通天的大厦，

反倒将我们拉回越来越狭窄的地面，

错的究竟是何人何事？

我知道，我们都曾为自己感到羞愧。

无论是小时候被妈妈说成小偷，

还是长大后越挣扎越漫长的流亡，

少女偶像，走散在和经纪人约定私奔的夜色里。

那么你呢，你是不知何来的魔女吗，

或者只是跌进尘世的星星？

离奇世界时刻发明新的火刑，

每种围剿都将改头换面，

相逢和离别每天都在发生，

古人和今人都知道那并不离奇。

只是有时我看着白雪倾覆，

知道乌有处掩埋着一座座小坟墓。

乌云梦境

我从未想过在此时把它寄出：
壮烈如同幕布的眼泪，将悲剧低垂在星辰的剧场
擦洗蓝图和残杯，向洪流中的军队
分发胜利和死亡。有时则是滑稽的退场

虚弱使工作无法继续
虚弱是由于我没有吃足够的肉
劣质蛋白增殖着倦怠的动机

从悲伤的眼色中突破。我是如此不设防
……不能长久者：琉璃，水手
由于暴戾而鹊起的名声
箴言时常以诙谐曲的面貌出现
看饱食的脸，看你退步又复起的欲望圆舞

夜的脏腑无法剖白，我的亦然？
那么不及情的人呢，舌头贴向体验的旋涡
尝空间站般咸味的凋谢。月球虚晃一枪
梦想更新更好的酶。比跳水更低的迷乱
比生来如此更高速的失明

进　化

你是早衰的雕像

裹在白色校服里的水果

在计划都市一切都完美

孩子有花样的脸

恋人也甜美

水晶灯投下馥郁的阴影

无人能幸免的幸福

你的败坏是新鲜的

像电子游戏厅里的薄荷味

允许浮浅的快乐

游戏厅是树莓果汁的海洋

粉红色睫毛小口啜饮

你听见他们心照不宣地低语

别害怕

群星照不到这里来

现在你从梦里走出

两个世界缓慢割开了你

身体是敞开的

心在发皱

一只盛水的器皿
无法装载不知何来的液体
只能碎裂开
滋长出漫无边际的宝石蓝

.

辑二　女巫聚会的前夜

那模仿永恒的

永生花，不死鸟，诗歌，音乐。
受造之物获得自己的一小部分永恒，
飞鸟的影子在笼中连续。我们分吃
时间的肉，借助爱的滑梯，滑向天空最低处。
欲望着仅凭自身而存在的事物，
针刺在针上，血流在血里。
你的头发，今天吃的食物，早桂花，
被交在短暂的光晕里拨弄。听，宇宙的弦。
我们这些不可一世的花蕾，多么像
一个凋谢的循环，不堪听见那说不出的叹息。

秋声赋

回忆一次旧游是容易的。
遗憾的夏季，你坐在旧沙发上
和我告别，梧桐树叶在星座下摔碎。
用花蛤和丝瓜煮汤，
皮肤在流汗，流出黏稠的词。
关于感情和生活的那些旗帜
挂在半空中等待阴干；
一些美丽的困惑，值得
另一些久远而悲伤的答案。
现在有更年轻的人代替我们
在沙发上坐着，煮汤，流汗。
而你从那座灯火通明的房子外
走过，听见飘渺的歌声在唱着。
总是那样唱着。
我们原本应该做得更好，
在一个不会变得更正确的年纪里。
你终于记起，命运没有原谅任何人。
魔笛手要诱惑人们继续走下去，
用光脚踩着到处是火的屋顶，
成为燃烧的女人和死去的孩子。

女巫聚会的前夜

我们灵魂中的暗，彼此辉映着。

一支金黄花序的歌谣，

脱离了修辞的肉身，成为纯粹的轻。

轻的魂魄摇摇摆摆，穿过工作日的车流。

仅仅是穿过。因为我们的刀尖柔美，

无法刺伤任何价值观的皮肤。

仅仅是一道擦伤。被崭新的一天抛光。

那么多汽车，几乎像垃圾那样，

到处是垃圾堆的城市、乡镇……

楼房，在河岸这边是财富的泡沫枪，

在另一边是废墟。我们生来是相似的材料。

我们的蜂腰和燕尾，双眼亮如黑虎。

我们不与任何人交换变身的语法。

就这样生活：

赤裸的脸向镜子打开，又脏又美。

今天读了一些陀思妥耶夫斯基

今天我们不去整形医院，今天我们不审视
"回生活以凝视"，你的余勇是
最后一根被拆迁的避雷针
时代在换，卖掉老电视里的雪花
外婆总不相信那只要五十块
五十块啊，可以让我们喝很多罐可乐

我知道那是你，甚至不取悦自己
娜斯塔西亚和阿格里亚是否像我与你
我们赞美，吹尽了好听话
"你的裙边是否是曳地的水晶"
谈谈苦难，谈谈脑科学和农奴制
我们又互相反对，撕碎了红笺
也倾覆薄情的杯水
那时我们无法做圣徒，也无法做小说家
把钱和爱都付之一炬

你是星象的奇怪姐妹
是我的损伤，我的尴尬，我的用旧了的道德
你借由隐匿在历史中的数种身份：
私生子，乡村女巫，最后一个头戴月桂的人

如今新婚纱覆盖肉身，好兆头装点了死亡
伤于哀乐，不平也不鸣
一首盛年的赞歌，是怎么唱也唱不下去

最后的，我写给你的抒情诗：
"在你占卜学的荒野
有什么比一起烂下去更亲密
如果这是最后一场舞
蝴蝶已经张开它最血腥的内脏"

夜游小僧

挑灯的鬼已走了，雾遮住柳眼
有多少失途的快乐，就有多少离别的恐怖
生与死能否如你的眼白一样分明？
志怪小说中童子是踩着明晦边缘的水坑走远的
晶莹的脏腑互相拉扯、辩驳，它们手牵着手
每颗苦心都玲珑有如桃李

恋爱陡生风波前骤雨并未如约而至
卫星预报远逊于见微知著的第六感
在睡意比市容更为紧迫的深夜
我们吃，我们喝，一杯复一杯
我们也行过地下通道，见到无家可归者的床褥
我们喜欢那种叫曼谷监狱的酒，尽管
我们不曾身陷牢狱
密谋在脑内，总如同冰块相碰

这里没有睡眠只有永恒与忘情的游戏
倦意、薄荷叶与水果糖浆
欢迎光临，勇气与梦境纷至沓来
只要它能投下微烧的阴影或诸如此类
西湖景致六吊桥呀，前朝的风吹老扬州面

童子离开前把过去事悬到梁上
从此一面是露水白，一面是野火清凉

舞力全开 2019

乡村，爵士，布鲁斯，其实我并不真的懂
只有新年的聚会我们用体感操作跳过舞
跳舞的场合有很多
叫作飞燕的美人可以掌上起舞
须得以水晶盘盛放她的赤足
禁锢的，宫廷的
历史的美常常是看人如何表演自刎
而十九世纪人们认为跳舞是邪恶的
无非是在爱人的拥抱中堕落
跳啊跳啊，跳进荆棘里去，跳到地狱里去
那些短发短裙的女孩，个个都有好身手
感谢她们的渎神与可耻，杀之不死
为我们留下这个不道德而充满舞曲的世界
芬克，灵歌，摇滚乐，如今一切都在改变
我们不必去街头和舞会，不必去旧日皇帝的宴席
我们用游戏手柄就可以成为舞王
再见了的士高，再见了唱片骑士
我们肥宅需要的只有客厅、显示屏和游戏机
我不在乎我穿着又重又厚的冬装
我不在乎迷惘，个性或是更多：
正像此刻大多数年轻人

已不再相信他们在街头或舞池中做的事能够改变什么

我只知道如果 *Just Dance* 是个好游戏

那么所有人都应该玩一玩

桂花陈

年轻的酒神在酸甜气泡里

嘴唇啜饮冬天的灰

社区下笼罩的绿意

用了很多年还没有旧

窃取漫长夏季的幸运儿

在昏昏欲睡的巴士车厢眺望

这天堂如何不再沉入落日

向日葵，永生花

公园中央垂老的舞

矛盾是世界难咬的核

可它不喜欢囫囵和模糊

又令俊友姗姗来迟

分尝一盏迢遥的西贡海

或者晚餐里氤氲的百利甜

它观察周围的事物，得出

种种偏颇的真理：每只猫的原罪

就是私藏在眼中的黑曜石

背心和鬼故事一样清凉

而橄榄、酸豆角

和看得见星星的晚上

是心脏的燃料

在更低的纬度

每天都更像生命的白银时代

像你有着天使的名字

疲倦不息地拥抱着亚热带的日子

南　京

总是这样，人们总是在大街上走来走去，
法国梧桐夏天浓烈，秋天落叶子，然后呢，
春天来了，花神湖仍然平静，我们不写诗了。
从迷幻和摇滚的少年时代飞出的翩翩风筝，
偶尔眺望天空，似觉它仍在云层上方。
上帝的手要为我们披上细白恩衣，那日子还远吗，
在汽车旅馆和天国婚宴之间，错误越积累越多。
这里是困兽之都，有鬼魂在雨花台夜夜徘徊，
所有舞都停息了的街道上，我们倾斜向黑暗那边。

卡比利亚之昼与夜

突如其来的渴意
汲汲于你白色嘴唇里
泯灭的波光。遭处决的睡眠
汲汲于使脊背款曲
奔走在杀机和门扉之间
如游刃游于鱼的腹白
唯手熟尔。厨师的秘密亦是髑髅的秘密

畅泳，披挂赤红的梅雨
发痒的同时发梦，"痴迷的电弧"
你看到，视线里烧焦似的塑料味
买卖喉咙里的金雀
为占有黑夜的一个里拉洋洋得意
我们的遭遇和梦幻原是一体
痛觉在盲眼的神经上发灰

玛利亚，不要让我裸身在荒草中间
从肿胀的肺部喊出，既非申诉
又非顿悟。河流中你我的前世发白、浮动
鱼类嬉戏，复写晦暗的谜底

诙谐曲

青春由此开始：新的快乐和脏兮兮的梦
所有裙边都像细细的刀刃
世界上从没有割不开的伤口
我们在里面藏宝石，也种兰花
就好像迄今为止的遭遇不过是笔不义之财

青春暂居于底片的萧瑟中：且慢抽身
而一场随风潜入夜的逃杀已不可避免
人人都有石榴般艳丽与寂寞的心
更多的嫉妒，更多的街头，更多淋浴后肌肤的甜

猎户积攒冬天的猎物，你堆积冷
雪地中现身的美人却总是腥秽之物
别忘了教训，梦中盘山公路并不通往故乡
眼眶并不似车窗可以收容密林与暴雨天
夜里跑不过黑暗的人都成了精怪
关于成年我们兴致勃勃铺开错误的地图
落下的都变成眼泪，旅店却还隔了太远太远

星群的成人礼

Ⅰ　灰烬书简

从流光溢彩的波浪上升起

降生的时刻密林中曾有庆典与欢歌

我在甜腻的梦里听见鼩鼱群行经

它们衔来血月之夜荒诞的预告

你看到池水里彻夜结珠的人

青春发鬓上堆积着一夜不祥的雪

去领取那本终将藏在抽屉的新婚手册

我们是这样在纺织和破灭中长大

注射过量的梦以度过白昼

教科书和通宵舞会，药片溶解的下水管道

我们是鲜活之花，幸福事业的接班人

奶油与蕾丝装饰的未来降临之前

谁也无法走漏船桨下冰山临近的风声

画片里的孩子唱着明亮的歌

不止在寓言中人们割舍自我的部分

同一支忒修斯之船，换取泡沫之身

这就是你我的诞生之日

Ⅱ　当时明月在，曾照彩云归

野火中跌宕的夏夜之风
曾经多么茂盛地点燃了我们经过的山坡
在放学后的堤坝上看火势蔓延
它会烧到庙宇、银行，还是某个幸福的家
将爱人的双颊映上热病般灿烂的云霞

Ⅲ　旧疾

这个伤口会变旧的
她像是在说一件衣裳
罗绮与明珠偕老
我们又怎能不朽

副　歌

她后来也爱上了那些神秘情调的东西
比如银河，算筹，傍晚的紫茉莉
那些新鲜的年轻人身上都有枯枝等待修剪
城市里园丁太少，风纪委员又太多
每个人都是进化中的忒修斯之船
以脆弱的循环抵抗大风暴
很多同龄人后来变得与过去完全不同
她猜测他的零件已经替换整齐
成了一个新的人
只是与过去的某个朋友有点儿相似

小　说

为了生计他泄密、出卖亲友
只是声音有点酸涩
舌苔蜷缩起来，像刚吃过雪
这个秘密太苦，太冷了
炉膛里流逝的火也无法制造出悲悯
酒馆里卖掉制服的人
口袋里装着钱币却不安
喝，喝下这一杯吧
趁折磨还没有找上我们的良心
声名也不曾擦亮我们的额前
而汗还是流了下来
伤透了心，湿淋淋的像个演员
谁都看得出他是无路可走的卑鄙之人
没有奶油面包，也没有小狗
人们有时爱他
他就跑去将爱便宜地卖掉
换成一小杯烈酒
人们有时想亲吻他
但他们的吻都像细碎的塑料片
亮晶晶地将他的嘴唇划伤

浮　世

猩红的灯笼低垂

花街上雀鸟迎送

人们的脸都是新鲜的荔枝

用赤金才足以装饰

秋天采裂开的石榴

你的工作是给每个恋人写美丽的信笺

将眼泪和残妆留在纸上

年轻的心事没有灰尘

可怜写信来的人太多

月亮与流萤已经不够用了

总有一些人要来生产爱情

像町人在自己的作坊劳动

彗 星

高跟鞋底是树莓色的

你盯着闯入者无辜的眼睛

它们不能无辜得几乎像小狗

你已经洗心革面

要为人们带来快乐

像星球沿着轨道发亮

邪恶的美人只需要露出一点裂缝

好像鼓舞人们拯救的信心

指鹿为马，改头换面

世间的爱意总包含深刻的误会

你对此持有批判性的态度

但是不想从中抽出双手

由于误会是多么动人

可以将狰狞的面目看成花容

又或是骷髅装饰了红粉

你唯独痛恨他人点灯

辑三　游园往事

旧教堂

夏天晚上我们经常去散步
通常是在北直街，到从前的电影院
沿着某个路口往上走
这些路口黑暗逡巡，鬼怪往来
光顾着每块闪烁的霓虹灯牌

从那些瞳孔般张开的窗框
我们见到按摩推背、文身、黄历算命
深绿纱窗割开莹白的灯光
将你的脸分为细碎的菱形色块
不知道史先生有多么大的神通
只听说如今的山里仍有巫医
仍有人带着贵重之物前去求告

我们是如何在这些生活里挑挑拣拣
轻盈得像旁观者，一不小心路过世上的人
悬浮在半空，说尽了谎话的观察员
将月光说成宝石，将河流说成翡翠
又将你的脸认成哀怨又动人的花环
假如天使看到我的记录册
也会认为我是品行不端的学徒

我们就是这样走进旧教堂

两个从未虔诚感谢过食物的人

河那边的新教堂有庄严漂亮的十字架

在小学操场我曾见过它建立之日的升起

这里没有波光粼粼

墙上的题字却很相宜

"即或有忘记的，我却不忘记你"①

好像神秘的手牵着我们踏过门槛

我知道你有孕在身，脸上仍发光、漂亮

投影屏幕上放着讲述耶稣故事的外国电影

并排坐在昏暗的黑色长椅

我悄悄为你祷告了一会儿

---

① 出自《以赛亚书 49：15》

清波门

生活是漫长的忍耐

霓虹灯变换南山路

公交车送走了赞歌

这颗瘟疫蔓延的心

疲惫而不息

你曾经对我说

总有一个广场披挂灯彩

总有一条路通向幸福

然而清波门不是必经之途

生活是漫长的忍耐

是越写越长的叙事诗

越来越短的心声

赶上末班车是平凡日子的胜利

而躺在马路中央的醉汉并不然

穿过清波门也未能将失望掠过

生活是漫长的忍耐

我们还在唱着幼年的歌

在忽然的失重里和自己说话

地铁使人轻捷

跻身工业之歌中曼妙的音符

都是靡靡之音呀你说

公交车倒使你慢了下来

被爱和生活的无望拉住了衣角

无法像白鸽飞动

飘飘然得像童子又像神仙

穿过清波门也未能使你化为鱼龙

生活是漫长的忍耐

伤心中你看到天使的行列经过

它们又胖又笨拙

在大朵月季花上布置着夜露

鱼罐头

放学后你并不回家

便利店是和家最相近的地方

冰淇淋、牛肉饭，仅仅没有餐布低垂

你说你最喜欢咖喱味薯片

我想你会有更接近真实的表情

像你爱看五十年代美国小说

却始终没有说出它们的题目

沉默的夜晚是这样过去

时间的消耗不难模拟

难的是保持虚假的自我

默片时代的火烈鸟穿过斑马线

它们看起来都是黑白的

低像素减去了傲慢与虚荣

我想我只是需要鲭鱼罐头

24 小时的冷柜和店员

假扮一个码头工人拢起外套

走过天明前海岸边的寒冷长风

最后我们确实什么也没说

最初的约会和最终的女朋友

宇宙中有银河，机械据说也将有生命

关于重逢，剧场已经准备了太多帷幕

而我们缺少的并非是帷幕

绿墙壁

不知为何医院都有绿墙壁
人们在宁静的原野里患病
楼下的小花园里种满月季和芭蕉
我在走廊上奔跑弄坏了水晶凉鞋

那时我离痛苦很近而浑然不觉
微弱的视力只能看到卡通贴纸
还有今晚的鸽子汤香喷喷
磕破的膝盖血流了一路
翻遍课本也没有找到疼这个字眼
不像如今走过生活的探照灯
浑身发出呼啸般猛烈的警告声

路过时我想割开那面绿墙壁
想知道荒芜的月季是否仍在这里
疾病的影子穿过酒精味的长廊
记忆无非是吝啬而感伤的猎巫者
捕风捉影，说话时有轻慢的语调：
不要让他们看到，你已经心如槁木
将那个时新的花环
再次戴上头顶

登山见闻

我们正在驱车经过一条融化的路。

它和记忆那么相似，同样离奇，

有着无法自圆其说的弧度。

我们去坟墓上采摘覆盆子，

讲述清醒梦的体验，你有过

想象中的朋友吗？十岁那年我见过透明的仙女，

她忧伤、垂老，像我的妈妈不曾生下的孩子。

有时，我们沿固定的道路成长，

而井水如银的反光总是摇晃我们的眼睛。

像在山中迷路的求仙者，

手里握着虚无的斧子，想要抽刀断水。

总是这样，花园的窄小路径在变化。

你握着纤细的手腕，相信蝴蝶、道德，

和善恶有报的故事。世界看起来

是一本有蜡笔图画的绘本，你阅读，

总是首先翻到最后一页。

结局中有所有美好的事：

漂亮如城堡的家、完整的自我、兔子和小狗……

逻辑在缩小，你无法从顶峰开始

攀爬一座山。我们都必须掌握驾驶的技能，

直到不再为一个未知的坡度而惊恐。

茉莉香

紫色的馥郁阴云，

或是紧紧笼在袖筒里的青翠手指、

流淌着隐秘之光的珍珠们……

我们要撕碎并咀嚼一切意象。

直到它们溶解为甜蜜的药水，

将寂静的房间整个浸没在其中。

这时，我们感到饱腹、安全，

食物和爱在某种程度上是一样的。

譬如肌理的欢愉，和轻微的真实，

发乎情的逾礼，可以被原谅的轻狂。

然而，如果所有过度都是一种邪恶，

所有这些：蜂蜜流淌出的金色琥珀，

丝瓜表皮散发出的青草味，

名叫茉莉香的葡萄，所拥有的酸涩。

那种沉重，始终包含在你的进食当中，

你曾度过饥饿的童年，

食物的香味和形状，几乎像种罪名，

像世界的贿赂，要交换你并不珍重的羞愧：

永远为一次应得的满足而羞愧，

像我们对待爱，既任意挥霍又避之不及。

车　窗

天边有无数多巨大的云，

半边是阴天，半边是晴天。

我们短暂经过一片暴雨倾盆的区域，

雨刮器徒劳地重复运作，

双闪灯穿透雨幕，延伸为一片红雾。

每个人都在盲目前行，

除了提示他人自己的存在以外，

没有别的努力可做。

此时我们像身处一个以宇宙为单位的

自动洗车机器，那些夹杂陨石的

毛巾，将每扇车窗森严遮蔽。

从车窗中向外望去的时候，

最小的景致，如一棵树，填满窗框，

就会立即变成最大的存在物。

我们变得如此虚弱，如此有限，

无法控制外部世界里微小的变数。

在生命每个令人困惑的瞬间，

我都想再次成为一个比过去更好的人，

去见很久未见的朋友，

观察云的形态，为短途旅行做更多准备。

付出比得到的更多，生产比消费的更多，

越过狭窄的窗口，理解视力所不能及的一切。

小茉莉

夏天都要过去了我们还没见过面
还没甜甜蜜蜜去吃冰棍
穿过半空倾斜的电线
燕子学习掠水，我们学习友谊
夕阳生得多么美丽

让我安慰您，哄哄您
好运太少了，坏事又常发生
我有时觉得哪里出了问题
如果说竟没有人爱真正的您

那些人吝啬而感伤
他们说避重就轻的话，卖弄聪明
以为我们喜欢的是圈套的漂亮
衡量一些人的价值超过另一些人
不像我们可以把珍珠抛进暗河
又用黄金交换爱人踩过的灰尘：
美不仅是种勇气，同时是种意志
"妹妹没有错，妹妹原始而浪漫"

而对于容易紧张的人来说

什么甜蜜话也比不过："没有 deadline"
只要茉莉还在开放
只要风还会从江上吹来
夏天不会截止
眩晕和后颈的汗是无止无尽

桔物语

000

提示框：她点了一杯"流血珍妮"

难以忍受每秒二十四格的现实

不过是场糟糕的模拟

宇宙模仿我们爱的规则，有界而无限

"人类只是用于爱的材料

明白吗，嗝，像用木头生起火"

只是我不知道该如何处理灰烬

001

……重力系统失衡时樱花往天空飞去

你说你喜欢此时乘城际铁路

地狱也会因此变得有点像居所

夜归的上班族里你是唯一一手握残花的人

010

离散的雨滴在神经网络上密集降落

进入雨季市民开始变得喜欢看黄昏：

那些悲伤的像素，那些分岔的有限个选择

即使在虚拟中人们仍不习惯短暂与有尽

"医生，我的嗅觉传感器出了错

那些情侣身上都有腐烂的气味
而你知道，那并非（数据丢失）"

011
"我只希望大多数人不像游戏队友那么蠢
但没关系，要诀在于以暴止暴
在于从伦理关系入手构建场景，辅以病理学知识
或者，还要加点丧葬礼仪"

恋之兰灯

夜中人们写幽微的信
禁火的回廊上四处是衣角浮动
"或许每个人只是灰尘堆积起来的小山"
诸如此类的老调重弹
随着日光缩短，思念越发接近
贵族用以标榜自己的时令病
铜盆中冰块的碎裂声开始使人难受

不要去鬼市买旧物
买那些裂痕和回忆，逝去的影子
悲剧的舞台这样拥挤
鬓角如云朵挨着另一朵
好像它凝聚的命运是为了被吹散
最后谁也没有说出哪句格言
秘密的手把沉默拨到了引号之后

有的事情要在暗中做，白天却太长了
从一种神经到另一种妥协
在人们手里递来递去的只是余烬
为什么无人说出真实
花园的幻景比头痛更难以忍受

终于到了悚然的季节
纸灯笼四面都是鬼影
为了那不交出真心的胆小又狡猾的孩子
轻轻摘走院子里最后一颗可称为风景的松果

火　锅

我认为世界上应该有更多赞美火锅的诗

既然赞美月亮、浮云和梅花

既然美丽的事物固然已成了美丽——

言辞太多了，不必再省着用

把一部分留给普通的快乐：

在超市拣蔬菜，选调味料，计算拖鞋的数量

购物难得是件见好就收的事

好消息不常有，好胃口却易得

亲爱的人都应该再围炉

星期天外婆忽然问起电磁炉去了哪里

而我写到这里才想起来

并且由此获得了微弱的信心：

原来时间果真是连续的

如同童年扔出的回旋镖

野蛮的命运就是这样在天际锋利而闪光

远远地，看着我们这些有待被捕捉的小动物

在很久后的一天

突然被自己扔出的狩猎工具击中

宠物情人

心既有它小小的航海志：
从地板一角到衣柜顶端从床底到窗台
它蹦跳的时候
陌室中的疆域也曾闪耀而辽阔
如同某个古老帝国的废墟
只余枯骨与轻纱
蔓延而至的是六月酷暑
醒也醒不来的仲夏之梦
值得漫长下午，值得反复巡视
像我们那么卑微的造物
在藤椅上做过片刻宠儿
它轻快、流畅，像音乐
踩在腿骨上走钢索
直到你把它的后爪托在手中
遍历出租车中颠簸的风景
多么像绝望中希望存身于哪个刹那
天色好，天光也明亮的刹那
带着手持镜头般的临场感
——我希望生命只是二十四格每秒的幻梦
在这样的一天，谁都不应该遭到厄运
柔软的不至于受创，有昨天的都会有未来

我们审视过去，好像在检讨身上的罪过
有些是认真的，有些是玩笑话
即使是从他人那里听来的
在忏悔时不妨是自己的附丽
我们不吝惜于谈论种种可能，虽然如此
像我们那么骄傲的造物
又怎么能与恶意一较高下

钓鱼机

不难掌握灰心的回旋，从运气的无限的圆
到等待咬钩的塑料嘴。童年之心，既脆弱又野蛮，
是一万个为什么，而漏电的天使已说不出答案。
走音的工厂，生产出拘谨的孩子，窃贼的手，
长大多年后仍攥紧衣角的不安全感。

你把握着搏命时刻前的松弛，
校准着更多的涌来，更多羞怯的闭环、
电动的愉悦，为了不输给从不动弹的鱼。
尽管你比它们还木讷，像被命运拧紧的玩具，
只要再一次按下开始的按钮，灰心和暗淡
就能离开虚无的客厅，另找下一个不幸运儿。

你不确定他人是否有期待中的耐心和精确，
或像往生的传说，仅仅是门后阴影般的香辛味。
一个钓鱼机硬核玩家，未竟的屠龙史，
在后朋克时代卸去最后一颗萧瑟的锥形钉。

粉红色的回忆

早晨从窗子里向我招手，
昏暗的房间，缓慢的时间，

残忍的季节尚未到来。
明前雨，杏花天，龙井的味道太淡了。

谈起往年此时，去骑车，滑滑板，
从菜市场买熟食，风筝掉在池塘里。

踩着你心爱的缝纫机，
一件是短背心，一件是长吊带。

那片长满野花的拆迁地还在吗？
转角镜，是为了防止我们遭遇分离。

二十九岁，还是没有长进，
口袋里装着蔬菜脆饼干的碎屑。

辑四　古典剧场的帷幕

沙暖睡鸳鸯

春日图，睡卧着臃肿的故园。
在水草折叠形成的方形池塘中，
照见自己孤单的影子，
像小富之家的收藏品，写有"福禄寿"的身体。
她们会长成两片薄薄的紫色，
吹出寒风中冻哑的口哨。我的哑妹妹……
她们的脑海越来越连为一片黑暗海，
无数花朵流溢在牡丹的时钟上。
鸳鸯，实则是一种灰黑的水禽。

水仙图

风鬟雾鬓无缠束，不是人间富贵妆。

1

宋福雪说：我们的问题是我们有一些
卖得便宜会可惜的东西。
关于这个问题有两种答案，
一种是：且将纨扇抛进秋风吧，
另一种是：只有艺术是永恒的。
这两种答案来自同一个人，
也就是说，最终会来自你自己。
不是在这个秋夜，就是在下个秋夜。

2

宋福雪的家乡在北方平原上，
干枯、寂寞，肃杀

现在我不想象北方了，
粉红的恶棍列传、在野的厚黑学，

浮冰从虎口的玫瑰上倒映出日光。
而宋福雪则无辜地承担了这一切妄想，
其实她是北京人，喜欢听河南曲剧。

3

宋福雪养了一只叫鲁智深的猫，
一盆已经扔进垃圾堆的水仙。
鲁智深从不曾倒拔垂杨柳，
在她案前红袖添香而已。
宋福雪说，水仙开花的时候是臭的。
于是她砍下洁白的头颅们，
封入了水晶滴胶里。
听起来像琥珀，或者
一颗晶莹的眼泪？
眼泪是咸的，但滴胶，我知道，
容易烫坏，水仙会从灰烬里仰面凝望。
水仙和我之间有凝固的两种介质，
记忆和现实，沉默和轻浮，
像我和你之间，
我们无法如标本固定，总是
滑向极端的两边。
只有如野兽般牵手，或是像干花般肃穆，
才能伫立在结冰的湖心。
浮生如溜冰场，早有蜻蜓立上头。

十点半下班，我们就走吧，
然后我要告诉你一个秘密：
我不是水仙，我是水仙的阴影，
再将你取走的肉身，散在残山剩水里。

4

（哀悼水仙：
如今你杯盏低垂，春意黯然，
披戴着死亡裁成的彩衣，
这星与月的寿袍，这香烛笼罩的昏暗面纱。
很多的吻徒然磨损了。
用眼泪养荷花。
在天井中，雨是以四方形为面积落下的。
我恨灰尘落在所有东西上而唯独
更多地，落在你身上。
早逝的昼与新寡的夜彼此更替。
哀乐密密缝紧："我哭梁兄寿何天。"
红丝线细细地将我们缝成一只荷包，
布满东方式的隐秘皱纹。
请佩戴这饰物作为纪念，以免误认。
只是，哪一个化身是你？
青苔绿得发亮，它替你吸饱了天露，
如同炎夏肥胖的蚊子，腹部透明。
或者是窑中正烧得天蓝的瓦片，

即将承载第二年的雪。

哀悼不宜太漫长。

你正如隔天的奶油融化。

口袋里捏得太久的硬糖，

拿出来时，是黏糊糊的一团，

爬满了甜美的蚂蚁。

缭绕的仪式即将止息，

你是水中仙。）

5

宋福雪上班不认真，

写：我本是，农民之女。

意思是她不应该在办公室，

应该在田间地头。

宋福雪喜欢农民文学，小二黑结婚，刘巧儿……

"我本是"，多凄凉的诉状。

唐传奇里，牧羊女对落第书生说：

我本是洞庭湖龙君之女。

忧伤的人见到忧伤的人，

终于到了说出身世的时刻。

暗中相逢，

我们投下无饵之钩，

等待彼此辨认。

我们，因为苦难、命运，

或是虚荣、错误……来到了这里，
水仙的纯白酒杯随水流去。
请指认你我的真容，
唯有哀愁的人认出哀愁的人。
风鬟雨鬓的原来是公主，
而，卸下流光溢彩的拉链——
一颗山野志怪的心
跳动着，瑟缩而蓬勃。
转化是幽媾之夜唯一的语言。
正如我们暗中期待着，
被囚禁于锁链的人，
将会幻化为云彩和老虎，跃入
荒渺无边的丛林……
只有这样一个机会，一个瞬间的舞台。
现在幕布拉开，宋福雪来了，
她说，我不是龙女，
不是都市之女，
我是农民的女儿，
从盛开迎春花的地方来，
谢谢大家。

6

关于秋夜的事还可以再说一说。
唐寅遇到沈九娘的那一年，

正在沿街唱莲花落乞讨，

他学了一个赋子，是这样唱的：

"过往的娘行听我告，

叫花的也有些低高。

我也曾高车驷马着锦袍，

我也曾四书五经读朝朝。"

命运的惩罚高悬在天生钟情的人们

面前。门外，猩色的蜀葵乱开，

一些毛茸茸的孤独，

远望如霞，可以泡酒，

兼有风物清嘉的气候。

你加入它，

在诗言志的语境中寄托情怀。

孤独可忍受，

辨认的离席却无可忍受。

梦境进行到尾声，画中人

仍然没有来，烛芯倾斜向虚空的春风。

随着立锥之地愈小，

旖旎山水愈加无穷尽。

不能更小了。再减去一分，

都是将痛苦向穹隆的边缘推挤而去。

像挤出一粒成熟的粉刺。

于是你知道，不会再有人来了。

回舟音信渺茫。愁与苦也远了，

它们强烈却短暂，带来奇异的安慰。

在向内坍塌的寺庙中，你沉吟不止：

那么，请画下剪烛之手。

这就是我最后想告诉宋福雪的事情。

故鬼夜谈

——9 月 26 日游东梓关

救世大梦，与红烛小屏相比，谁真谁伪？

更小的灯影，倒是有难以注释的意味

1932 年，我在东梓关养过肺病

像养兰花，或是雀鸟，也像某种爱

被困于肉身的囚笼中，盲目地啼血

啁啾往事，如今再大的梦想也醒了

又跌入哪个新的幻梦：村居小景，寒天日暮

谈话也清闲，忧心也懒散

鬼魂相对，怎么敢谈论神仙事

快不过速朽，也慢不过骨伤愈合的速度

见到池塘生绿藻，有时想起故友的脸

谈话里忽然多了不解其意的词语

如同衣袖里敝帚自珍的宝石在暗淡

它本该沉入旧世纪的江鱼腹

却在一部新浪潮影片里推拉着情绪

而回忆是拒绝对话和交易的

来到此处的你也同样，惊心中不是恨别

别有另一种软弱的感情在幽暗里产生

粉面如鬼，杨柳成灰

每次相逢都是意重情真的流水宴

告别之际仅是目送野生的鸟杳杳而去

叔叔太岁

锦绣做了丧衣，好事烧成灰烬
我求生，偏偏赴死，这首尾相连的迷宫
是夜有梦，狮子从云中来，睁猩红双目
叔叔，如今你又回到了清河县
无人看见我孝服下的红菱衣，同样
也无人看见，艳粉下转动的悲惨世界地球仪

打虎固需勇气，头插草标更消磨意志
你我在街摊上难道不是同一块腐肉
春雨连江，我潜入来世，穿皂罗袍的看客中
品尝美味心肝，它们因悲与泪而急剧充血
叔叔，你是罗刹，身骑貔貅
然而爱是最珍贵的，就在独怜幽草的天性中

如何识得破乱世的蒙汗药，将大宋送进昏睡
我也得了白日梦想的病，从此怕见黄鹂啼叫
叔叔，我见到晚年你在六合寺卧病
一场未遂的殉情，早早发生在西湖十景之外
明天大梦醒来，又怎知谁是英雄，谁是老虎

瑶琴之死

紫鹃：

你为我取名，用的是濒死的鸟、

不祥的花草以及薄命诸人的传闻。

新的名字，自然带来另一番历程。

为奴婢的女儿，名叫燕燕或是梅香，

原本就是轻薄的福分，随水流逝。

如今，我已是你的影子，你的妹妹，

那么我的命运就要再减轻一分。

在审美的餐盘中，苦难是美味的，

落花在篮中腐败，风吹来整夜的噩梦。

有时我思虑甚多，有许多疑问：

为何水晶在你身上一碰就碎，

是否钟情在你，原本是种裂痕？

那些日子我习惯少吃、少眠，

数一遍眼泪的多少、忧郁的重量。

这种奇特的算术，

将使我的愤怒和怜悯持续增加。

在噩梦中，我希望有扇黑暗的屏风，

将痛苦团团围困在房间中央。

我们不再惊动它，小心地捧着翠盘。

宝玉：

山寺桃花是从今天开始开的，

有些人来找我，他们有着熟悉的样貌，

只是我的知觉却越来越差了。

在雪中人们的形状和声音都是相似的，

在记忆中所有事情失去了秩序，

我颠倒地回想起冬天和春天，

前世今生，人既然有前尘，

那必然是有来世的了？

而我看不清来时走的是哪条路。

有个紫色名字的女孩来找我，

现在她要告诉我该做的事。

原来她是那个曾试炼我的人，

我真害怕见到她。见到她，

就是见到我的遗憾与错误。

假如我们已经不会再得到原谅，

假如我们不再需要任何人的原谅。

紫鹃：

你反复提到关于心的事，

我猜测，在形体总会消亡的世界上，

你更关心看不见的东西。

在身体的部分消失得越来越多之际，

我们还能从花瓣里找到你的灵魂。

有人会说这是一些小小的忠诚，

又或者是正直和勇敢。

然而事实上，我只是如此相信着，

总有人要去看梅花开放时寂寥的时刻。

世界在大多数时候是寂寞的、

追逐流水的，环佩无情的响声，

在大观园里到处都能听到，你必然听见过。

有些钱财是我磕头领赏得来的，

而另一些，则留在病榻边的飞灰里。

讽刺的是，唯独我见到你生命离去一刻的颜色。

宝玉：

她曾经说我只知道自己的心，

是的，我们总要证明自己的心，

忘记了看别人的心，它们既是同样的玉石，

为何不能互相映照？

现在，我们是仍然留着的人，

在反复的怨怼和悔恨中彼此质问。

我想问你许多东西的下落，问到最后，

我梦想你能知道灵魂的所在。

你原本是替人申诉冤枉的鸟，

也许你还有什么要告诉我的话。

我们都失去了一切，

最后总会埋葬在一起。

在那之前，我将告别各种颜色的名字。

然后我去了有许多欢笑的地方，

还有许多满是悲苦的街道，
我不再希望有人看见我的心，
他们看到我，是个普通的男人。
那时我觉得自由，
全然忘记了自己本来的质地，
和梦境所展示的使命。

柳浪闻莺

80 年代，她们站在盛极而衰的市场关口，

一对孤零的燕子，初长成，穿过西湖缠绵的柳枝。

1965 年，谢晋在《舞台姐妹》中使黄浦江首次见到日出，

没有什么比上官云珠的命运更像一滴眼泪。

泪水是流不尽的。阳春舞台原本就是逐水而唱的，

只是袁雪芬说，"我不要做戏子，我要做艺术家"。

胡琴将碎的时刻，兰麝与沙砾共同沉眠。

多少姹紫嫣红……如今女儿们仍然在唱梁兄。

"春花"与"月红"是女伶的名字，

那么，也可以是她们的名字，至少在这刻：

热暑天，人们骑自行车去看电影，

她们在风中翻飞。像阳春舞台来到上海的那一天，

竺春花替邢月红整理衣领的纽扣，

而绚丽的灯牌在皇后戏院门前彻夜闪耀。

一种模糊的紧张，衣角隐藏旧中国的暧昧，

经济浪潮中分散的江湖故人，鱼龙都要过江而去。

江河万古流，或是人无法踏进同一条河流？

今年夏，断桥边的七棵柳树被移走又再次种下，

而被置换的月季又去了哪座江楼为云为雨。

我们说到江南，是在说反复被搬动的屋子，

被描金的空扇面，重新落满白雪的幻觉之地。

春风观止

——9 月 26 日游郁达夫公园

是一些无聊幻梦，人生尔尔
譬如朝露，今日和旧游，相差得仿佛
过去是浪荡子，现世是云、桂子，诸如此类
的寄托。我在故居写信
不是阴晴欲雨的养花天，是幽居的秋昼
故国不知道在何处，关于富春县的游记
一写再写，那些暗云暮雨，微芒灯影
小富即安，江水退潮时留下一地透明的幼蟹
严陵是曾去过的，途中做梦，盛筵已结束许多年
更远的地方倒是逐渐清晰，不外饮食与烟雨
第一山水，第二少女……其余的，都有劳尘事
后来花草养坏了，雨总下得过多
江南消减，汉语和爱都被弄得疲倦了
陌生的人，你看上去伤心、沉闷，时常无话可说
不关心工人和贫困的事，万物众生的难题
沉沦日久，有即使异国闲游，也治不好的脑病
……你梦到过赤道吗，绮丽的黄金之岛
南洋松，香桃木，也就是说，热带雨林的死魂灵

山阴道上

绘画在你，原本不是文人习气，而是匠人手艺。
因此观察屋顶猫打架，檐下人低头。
一位生长于民间的画师，
知道如何从屠夫身上找到钟馗的形象。
人世间纷纷的虚影，如同水墨的淡淡笔画，
即便是战火也未烧尽的，山岩中绽放的水仙。
匆匆的行旅，总是披风戴雨，总是哑口无言，
如今萧疏境况，终有分袂之时，
从宁波到苏州，是寻常亦无常的登楼赋。
星聚萍散，时值人生的高速路口，我们分别，
又登临。桥下流水和风中树叶一样萧瑟，
你又如何望见未来的群仙祝寿图，
河流究竟流向何方，画中人没有一个知晓。
王子敬有言，山阴道上应接不暇，难以忘怀。
你曾刻过一枚"山阴道上行者"的印章，
你总是走在这条路上，从瓜沥到绍兴，
沿途石头的形状奇异，玩味着柳暗花明的隐喻。
那时，你常去春风得意楼，索画的客商络绎不绝。
春风要消逝，唯有吹拂的山水永恒，你身后萧条，
如同回到童年，任氏米铺中沉默的烛火和戥秤。
在任伯年纪念馆，想起一段旧年的友谊，

某个未知年代，梅花从仕女手中遽然跌落。

我们回到了一生中的优游岁月，

最大的事业即是寻访某座寂静无名的山峰。

绛　仙

……记得佢在我怀抱垂死之时，口吐鲜红，我曾以袖
承其血，染成红花片片。所以每在黄昏日落，我必到
来拜祭一回，以念姊妹之情，更记当时之惨呀。

——《再世红梅记·脱阱救裴》

以姬妾之身，即使穿红衣，
也不过是引诱人敲窗的神女。
谁信任你的哀思与痛苦？
仅凭雨夜点燃的烛火，
做位卑者对世态的零星回应，
红梅阁没有生者，只有鬼魂。
一颗美人头，
看着血腥的相国府。
没有活人的地方总是安全的，
你那幽暗的悼念之地，
由纸蝶遮蔽的小国。
权力与刀戟无法进来，
这里仅由绛纱和雾裁定。
避开男性的语言，
你不再需要那种语言。

"因为我们同为妾身，

杀死的是你，也与我无异，

你已在青棺中为我漫长地停灵。"

一颗轻贱的小星，

才足以映亮那片早逝的云。

衣裳与贞洁何异？

是为了娱他人的情。

你在衣袖的血污里

纪念自己，把吐出的脏器

也描绘成花蕊。

唯独属于我们的证据。

莺莺的名字

一

是昨夜寺内刮起了晚春的熏风，
竟令我昏昏入睡。或许我真的已经太过苍老，
苍老到无法分辨远处而来的是硝烟，还是巨大的云？

太多危险如虎豹和狐狸
那样潜藏在我的身边，即使是五岁的童子，
我也命令他们不许进来。男性意味着危险，
尤其是对于弱儿幼女来说。我的财产和仆人，
失去了门庭的保护，便如同婴孩捧着碧玉进入闹市。

郑小姐后来就被所有人忘却了，
她已从一座花园走进另一座花园。
这里更盛大，更美，也更沉重。
我是相国府的主人，是这里的囚徒，
也是这里的皇帝，
管理着财富，人心，和季节的秩序。
我为那个新的荣耀的名字而沉醉。崔夫人。
牡丹谄媚地朝我展开艳丽的脸，

然而我已经不让裙裾再沾到芬芳的露水。

丈夫的死亡带走了一切。
我的名字，注定要随着他的名字进入尘埃。
如今我只有一副灵柩，我害怕野兽的眼神。
我已经失去了性别，也不再需要财富，
而我的女儿正如同樱桃初绽，
我痛惜的柳莺，一张等待被拨动的琴。

名叫张琪的书生以琴声弹动了她。
莺莺之声，令他在书房夜夜迷醉，
却令我心惊胆寒。我越想保护密不透风的花园，
越是有秘密的风，借由爱情的名字潜入。
那并非爱情，枕席上的仪式，引诱的烛火，
未遇的男人，只会写下始乱终弃的故事……

昨夜梦中，我想起了一个名字。
那是我早已忘却的名字。
父亲为我起的，妙容，象征着家庭的佛教信仰，
以及美好的品德。这些事物像黄金和璎珞
一般装饰着我，牵引着我来到花园中烧香，
直到，对孤寂的崇拜，远远胜过了对虚无的崇拜。

没有人需要知道，一个邪恶、孤独的老女人，
所回忆起的充满馨香的少年时代。

二

恐怕老夫人又要摧残我的一身皮肉。
这可怎生得了？闻说老夫人乳名儿唤作观音，
我倒有一名儿，呼作罗刹更为好哩。
她那脸蛋，又青又白又红，在一天之内
变换好几轮颜色。真是个累世的老婆婆！

她是从出生之日起就这么老了吗？
这样皱缩，可怖，活像一尊泥塑的菩萨，
一块牌匾，或者一座墓碑？她的身量已随着
年纪越来越小，而她的声音却逐渐尖锐，
生长出令人窒息的控制欲与死去之物的威严……
只是，她的形象逐渐变得黑暗之际，
我却越感到她的脆弱，纸老虎如何斗得过擎天柱？
这场战斗到底是小丫头的胜利。

老夫人呀，你枉做了千金之女，相国之妻，
如何不知道官私有别，一朝展开春色的画卷。
这重关萧寺，毕竟不是家门之内，
总有流莺与游丝在空气中弥漫，散发出早春的腥味。

那种腥味难道不是你所熟悉的？
就像春天到来之际，蜻蜓都要在池塘中交合，而花朵的雌蕊与雄蕊借由蜜蜂传情。

红娘初到崔府之时，似乎你还没有这么老，

还没有这样憔悴，也没有这样专断，

我也曾侍奉你收拾起那些散落的桂花。

你用来打倒我的武器，如今我也用来打倒你：

女子的贞洁，相府家声，老相国的脸……

你是一台权力工厂制造的代言机器，

在西厢的流水线上生产下一代的悲剧。

这下一代要往哪里去？莺莺的名字最终也将

如同你一般逝去？在某座贵族的墓穴中腐朽。

你所要珍爱的东西，你的继承者却

随意地抛掉了。那夜，我用洁白丝绸蒙住她的眼睛，（既不
　　看僧面也不看佛面）

搀扶着她柔弱的身躯，孤单得几乎受不了一阵最小的风，
　　一些最轻的月光。

将她带到了阳台与巫山的所在。

朝云暮雨，凝聚在一间狭窄的书房内。

她将把自己交给另一个姓氏，

讽刺的是，这竟已是她对您最大的反抗。

（既然不是这个，便是那个）

我既敬又惧的崔老夫人，通常来说，爱情是犯错，

勇气是做愚蠢的事，在绿窗下的亲昵，

已经胜过成为另一个崔老夫人。谁知道呢？

张老夫人与郑老夫人，总要选一个当当吧！

三

我在想一个关于月娘的故事。

月娘，是我为母亲取的名字，一个随处可见的女名。

在她尚未成为我的母亲之时，她的腹中不曾孕育着我之时，

那些更久远的记忆，我一无所知的记忆。

当她斥责我之际，我却毫无来由地想到月娘这个名字。

祭祀中，我听见人们都尊敬地向她行礼：崔老夫人，

实际上，他们是在朝棺木和牌位行礼。

那上面似有母亲的名字？眼泪遮住了我，

我记不清楚。我越想记起那个名字，那个名字就越缥缈。

直到我在镜中望见自己，莺莺。

母亲定然曾有一个像莺莺那样的闺名。

请原谅，严厉的母亲啊，我擅自为你编造的名字，

我摩挲着漂亮的字眼，杜撰出数种悖谬的可能性。

郑月娘曾经在月下弹琴，独坐在竹林中，

没有人回应她的心事，

也没有如红娘般伶俐的侍女为她排遣愁绪。

因此，月娘只是这样坐着，坐着。

到了白天，她便要学习一种女性特有的知识，

如何当一位贤明之女，以便在日后成为当家主母。
那种知识不同于君子之道，它专以隐忍为爱好。

又或许，郑月娘曾经爱过一个秘密的人。
每个真正的情人，都未必饮过婚宴的酒，
他是从柳荫中和湖水里出现的，
散发出陌生的水汽，像鱼类或是异邦的香辛料。
她曾在幽暗中展示血红珍珠串成的宝石，
她将她的名字题在红叶上赠给他。
后来，那些叶子随水流去，
每一片都血腥得像是写满了她的诗句。

月娘的故事必须以此作为结束，
若非这样，便不会有崔老夫人的故事。
最终，有人会猜测你的心事，如同猜测我的心事吗，
这并不是件好事。年轻美貌的女子，
总有人传言她的轶闻艳史，而年老是你的防护服。

母亲啊，在这虚构的舞台之上，
我试想着你的无数个名字。端庄的，轻浮的，
顺从的，叛逆的，优雅的，俗气的，像女人的，
像男人的，像老人的，像孩子的，像飞禽的，像奇异的动
　物的。
从未来的眼睛，望回你的往事。
她们个个都像你，正如我侵入你的肉身而生。

对不起，妈妈，我不是伟大的占星者，

无法从宇宙的尘埃中沥出那个真正属于你的名字。

四

天色暗下来的时候是一天中最为忧愁的时分。

露水格外浓重，将芍药的颜色淋湿得格外凄艳。

我还未习惯等待和思念，尽管绣楼的生涯

即是等待和思念，缅怀和不忘却。

张珙离开的日子里，我刺绣的技艺愈臻极致，

凤凰已从我的针尖渗出血珠，一种性别含混的鸟类，发出
　　无法理解的嘶鸣。

我听见红娘说：小姐，到了用晚膳的天色。

您太久没有进食。

请来看，这是鸳鸯的肝，猛虎的胆，胭脂的盐，桂树用蜜
　　烛烤制的烟气。

然而。红娘呀。我的好姐姐。小贱人。

灵巧、粗鄙又勇敢的春蚕。

我的生命已被充满鬼魂的梦境消耗。

我见到人们都爱恋着易逝的快乐，

而我却成了徘徊在西厢的幽灵。

且退下吧。

博弈的乐趣在于轻掷。在于

用红绳把自己悬挂起来，在红纱背后

翻涌自己倾泻一阵暴雨。我是如何变为

天象的一部分，像我心脏里的狂暴、惊变与怒火。

我竟不知我是闺秀，还是艳鬼？

我见到我是一棵俊秀的杨柳，在唐朝短暂的烟云之外。

如今楼台已拆卸殆尽，书房中留着寂寞的墨迹。

在这些夜晚，我翻阅张珙留下的书籍，调试迟钝的琴弦。

我得知读书人有种特殊的目光，

能够看到从古到今的变化，王朝兴衰的规律，

从山林到星宿之间的启示，何种植物反映着各种感情。

一个人既然拥有这样的目光，他必定是要走向我所不知道

　　的地方？

他会回到月亮已经消瘦的西厢，

重逢一位没有任何筹码的女子吗？

这种仇恨的煎熬使我变得越来越像我的母亲。

我爱着人的美与善，就像爱着人的丑与恶。

我沉迷爱情的叙事，超过爱情本身。

我真的渴望终成眷属的结局？又或是，

我渴望的仅是一次逾越雷池的秘密行动，

一种肮脏与做作的对母亲的复仇，

一场与红娘密谋的莺燕啁啾，一阵狸奴攀上花丛的窸窣
　声……

五

黄昏又一次损毁了我女儿的生命，
她正在如白昼般暗淡下去。
去吧，去把崔氏一族的门墙毁坏，
去吧，去为一个白衣书生纺纱、生育、典当钗环。
眷属不像你所想象的那样，是碧纱窗下画眉，
红罗帐里游泳，疯疯魔魔，吊在琴弦上等待。
那只是一个蛊惑的死婴，你将用余生的痛苦去怀胎。

你是仕女的榜样，是明珠的底色，
你将比我更娴静美丽，走在更为正确的道路上。
我们养育你如养育一只名贵的鸟，
你所生长的府第比我的更盛大华美，
足以证明我的婚姻是成功的博彩游戏。
你本是最不应该逾越礼法的墙垣的，
我聪慧的女儿，我愚蠢的女儿。

我是那么爱你，像爱着另一个我。
我知道你梳着发髻时的无聊，这幽闭的
戒条是为了爱，使你避开眼目的威胁。
你会逐渐明白沉默的好处，无知的优点。

除了那一天，我见到殿前的昆虫与花叶，

便差使红娘来带你游春。

这一点怜惜，是我晚年最大的错误。

是的，一切本应该为美德的品质，在女人身上就变成错误。

莺莺，你注定要成为丈夫身上的黄金奖章，

美人与功名，对于穷书生最好的奖赏。

那个荒唐的年轻男人，与世界上的其他男人一样，

好色，轻狂，沾沾自喜，擅长交易。

你注定要像门窗上的花纹一样用于装点家室，

满足寒窗下铁砚磨穿的酸涩之心。

直到你变成卧室里的一张梨木床，

映照冠盖的铜镜，无人再得见你的面容。

那时，你的爱情，只是供人遐想的风流逸事，

琐碎中偶尔忆起的闲笔。

他们希望你是多功能的凳子，半空中的礼物，倾泻柔情的
　　纤细机械花。

你还能再将苍老的身体交给风雨，

将凋残的妆容用于传情吗？

礼法是个阴森的笼子，自由是个动人的诱捕器。

只要你还穿着易燃的裙子，它就必定会起火。

你没法把自己赶进没有空气的地方，我的女儿。

你没法变成一首念完即止的绝句，我的女儿。

你没法跳出两个彼此完全的陷阱，我的女儿。
你没法在旧的建筑里成为新的人类，我的女儿。

六

小姐，你已经过了太多孤寂的日子。
我知道你是如何观察日影在窗纸上移动，
花的嫩芯如何逐渐顶破坚硬的种皮冒出，
分辨丝线的颜色和丝竹的声音。
这是一些我毫不熟悉的技能，千金的工作。

千金有高贵的地方，也有寂寞的地方。
怪不得她那样爱恋张先生。那个傻秀才，无意中
闯进她画卷般藏起的闺阁生涯，还有那颗
父丧中飘零惨痛的心。失去了青松护荫的名花，
就这样被飞过的柳絮捕捉。

我的小姐，你总是矫饰、惊惶、犹疑，
欺骗着所有人。因为千金是一张皮肤，
包裹着你心中参差不齐的荆棘，
即使漏洞百出，我们也不能得见你真实的面貌。

我希望我是一根彩绸，能将你引向爱人的脸颊，
又或是一件隐身衣，令你逃离所有人的观看。
你的生活是一场观看，因其名贵，因其绮丽。

这一切太残忍了，你羡慕不值分文的野花与野雀，

它们随处生长，潦草地活着或者死去，而不会引起任何一

　　阵注意。

我的小姐，不必担忧。褪下名贵的花身，

忘记闺训与礼教。在我出生的乡下，流传着关于山鬼的故事，

她们总是赤裸着身体佩戴花和树木。

你很快会近似一阵轻轻的颤抖，流向观音的耳朵。

夜晚，我将侍奉你羞怯的心，搀扶你走在爱欲的小径当中。

这旅途何其凶险、漫长，我在门外侍立，听见山雨已经悄

　　然遍布整座庙宇。

我的小姐，你们是男女的楷模，

阅遍文章的才子，精通绣花的佳人，

两情相悦本来就是寻常之事，

你们是人类的真面目，

投机取巧的男人，故作矜持的女人，

在平庸里肮脏里龌龊里不堪里相互破坏，咂出甜蜜的余味。

请相爱吧。请窃玉偷香，爱里的人都是小偷。

请暗通款曲，爱里的人都会忘却自己的名字。

请彼此践踏又彼此珍贵吧，

爱只是雨雾布满头发的一个时刻。

七

人间事到此可称为畅快也。

状元及第，御笔钦授，将白衣换成红袍，

这是张珙人生中最快乐的一天，不亚于在西厢的交杯。

不同之处在于，那一次的冠冕是莺莺赠送给我的。

一个用梦塑成的美人，

你是神女和卓文君的混合物，形似灵芝与仙草，

在禅房的寂寞和晚春的忧郁中突然毁坏了我。

这种毁坏是对秀才最严重的毁坏。因为我从此忘记了

对于功名的强烈渴望，从此沦为一个客居的幽魂，

寄托在你的脚踪里，向前去，又回头望，

走不了多远。你身上的异香，与你尊荣的名字一样，

总是豢养着我变成一只失魂落魄的鹦鹉。

现在我终于得以用富贵和官位去换回一桩

世俗的婚姻。这让我的马蹄声变得格外响亮而轻狂，

全然不同于分别之际萧条的秋声。

我又想起了我的襟怀，我的抱负，我对于植物和音乐的审
　　美，我兼济天下的理想。

这些飘飘然的事物里都有名叫崔莺莺的影子，你是一个深
　　远的喻体。

我即将来迎娶你，摧毁门第之见和宵小之辈的阴谋。

在这个匆匆赶路的冬夜，

早已有春风先我一步到达你的妆台。

我知道欢乐的日子就在眼前，

我知道我已经在未来的考场中取得了胜利。

一个小小的状元，无非是探囊取物，

有时真觉得舍弃了也罢，

只是那些人间的枷锁仍在捆绑着我们……

八

且慢。试看我的行状：

仍然是白衣，一身潦倒的酸味，仍然是孤身瘦马，

走在离开都城的路上。甚至比来时更为凄楚。

我是落第的张珙，我是另一种不幸运、非主角、村夫野老
的张珙。

我的失意是否已传到了你的耳边，

你会忘却我，重新挑选一位称职的夫婿吗？

你的母亲终于找到了致命的突围口将我弃绝。

这些夜里，我在茅草丛中睡眠，梦见温香软玉在我怀中如
金鱼游去。

我想起分别时与你所立的誓言，你断然不会忘记我，我却
已经无颜索要你。

为什么有情之人非要以世俗之物作为媒聘？

然而没有世俗之物，何以支撑相国府的栋梁？

我宁愿舍弃士人的身份，你也不再是相国小姐，

痴儿骏女，两个有污点的人，贪看屋檐下的风花。

我们在西厢的影子里寄托短暂的一生，

在那之前和之后，我们便不再活着，也不再死去。

莺莺，我画中的爱宠，你仿佛生了病，

即便我不断将你含在舌尖上苦吟，你依然日渐失去神采。

我在荒野的路上徘徊，不知往哪里去。

游荡的生涯，让我见到了许多普通的女人，

她们不像你那样，皮肤有香味，用诗谜传递幽微的心情。

她们穿短衫，头发上发出鱼和水稻的气味，

生儿育女，耕种、纺纱，做比男人更重的活。

我即使已比尘土还要寂寥，却总能遇到更多历史之外的目光。

她们的目光让我感到既害怕又暖和，

好像麻木和多情能同时存在，微贱者正是崇高者。

我这读书人的虚名，让她们为我盛来珍贵的汤。

我曾对莺歌巷里劝酒的女人说，让我试写你身体里的春风。

话语开始变得离奇，因为我如今和她们一样。

富贵的女人胜于失败的男人。

我的话语早已离开我的声带而去。

如今我得以窃取她们的声调说话。

我说，请停止这样的柔情，请让愤怒作你们的美德。

我说，那让你们痛苦的，也在让我痛苦。

我说，让我们推倒父亲建设的墙，它让我们各自为政，世
　　世代代做着斗争的苦役。它让爱情不再自由，让婚姻变
　　成垃圾场，让每个人都龌龊个够下贱个够肮脏个够。

它让我们不把自己看作动物和人类。

如果是动物，我们就该拥有怒吼和狂奔的本能。如果是人
　　类，我们就该活在明亮的价值天空下。

她们正在为我拿来更多的汤，现在这汤开始让我变得苦涩了。

九

在西厢里短暂活过的人不止莺莺和张生。

当时我伫立在神佛面前，听见门内传来雨滴落下的声音，
　　和雾在缓慢上升的声音。

这些声音让我忘记了紧张。我想到了所有梦想中发生的事。

垂眼望着人间的神仙啊，您知道吗？

我有这手掌里的力气、舌尖上的说辞、头脑里的机灵，

却挣不脱主人的打骂、天生的贱籍、苦痛的命运。

我想穿暖衣裳，吃饱粮食，用劳动换取对等的价值。

我想学习诗书和琴曲，知道那些华贵的枷锁里深藏的一切，

而不愿沉湎其中。

我想做个女人，做个小姐，做个男人，做个状元，

在金玉里懵懂度日，从此不再受差遣之苦。

人间总是有着我难以想象的快乐，

我憎恨如花的笑靥，我厌弃官僚被香熏过的衣袖，

我愤怒爱情佩戴在人们身上仅仅是种装饰，

我困惑为何好听的词语掉在我身上，都变成斑斑点点的伤口。

只是很快地，我就忘记了转世为人的心愿，

因为一片落英更美，一支慢慢燃尽的红烛正在滴下融化的
　　蜡油，

一群宛转的蜜蜂吸食着花萼中美味的蜜。

我熟悉作物、动物和季节的关系，

这些秘密的事将我缓慢地吞咽着，我不再想起人间的理想，

而是想象着更大更温暖的气候，供给昆虫们更多的春雨。

十

红娘，我希望你不再是我的奴仆、我的装点，

而是我闺中的一位姊妹。

我们共同拖着裙摆和环佩，

在纯私人的影壁背后讨论一首时兴的歌谣。

大多数时候我更愿意你离开这个地方。

这个幽禁着我的场所，它令我脸上永远蒙着愁云。

你理应是片新的天气。

你有江海豪情，应该是位云游四方的侠客。

你有舌战之力，应该是位畅抒己见的辩士。

你有玲珑心肠，应该是位操持内政的管理者。

你在西厢的浅水中腾起弱小的云，

这一切并没有改变你是一条幼龙的本质。

而在另一个角度的花荫中，你也遭遇了爱情的诅咒与祝福吗？

我们需要的是爱，但他人塞给我们的只有异性的爱情和性，
　　在奴隶市场里漫天要价。

红娘，你自有你的道路。那喧闹的市井总是教给你另一套
　　生存方法。

你不与花和月亮做交易，你不学习鸳鸯的戏水姿势，

你不学习文字，从此就再不被文字欺瞒，

你在远离笔画的地方吐息一颗野蛮的灵珠。

请走得更远一些吧，走到人们看不见你的身影的尽头。

在尽头以外，莺莺与红娘都将拥有新的名字。她们是有钱
　　的女人和贫穷的女人，爱男人的女人和不爱男人的女人，
　　穿裙子的女人和穿裤子的女人。

她们仍然试图免受某种恐惧，仍然不自由，仍然在离散的
　　网格中互不相识。

请让我们问一问彼此的名字，从此互相铭记。

十一

红娘姐，你腰间的丝绦在门后隐去，
这让我看不见你的面容，连整体的形象也在消退。
我不再想到你是谁，只记得我曾欣喜地拜你，
比拜神仙佛祖更虔诚。我的擎天柱。

你比我更应该学习知识，免受愚弄、鞭打，以及像我这样
　　不知好歹的嬉戏。
你比我更应该走上仕途，比我这迂腐的傻小子更懂得经世
　　之道。
你与我一样，应该有更多的时间用于闲游、休憩、客居，
　　读书、恋爱、工作，
开车去远处，得知天象和地理中的启示。

你不必知道衣裳的清洗、杯碟的摆放、察言观色的窍门，
这些职责破坏了你天性中朦胧的美，
大人君子们，太太夫人们，用这螺丝拧紧你的身体，直到
　　你变成一架廉价机器，
将现实变得更现实，拳拳到肉的现实。
你只需要知道虚无的知识，爱虚词和介词
之于文章的妙处。
爱头脑里的病，不再把绮念所引起的高热视为风寒的症状，
用抗生素和一把乡村卫生院抓来的退烧药对抗所有痛苦。

直到你开始具有自我的知觉，我经常和僧侣与官员谈论自
　　觉，但我们往往痴迷于一阵突然的隐逸情结。

我发觉隐逸实际上就是入仕的欲望。

因为我宣称的律令与我内心的恐惧互相背离。

而你的身体比我的更赤诚，未经凝视的双脚总是踢踢踏踏，
　　响亮整个相国府。

你踩过了落叶和水坑，也被牡丹的枝芽贴着脚踝亲昵。

如此大的脚印，只有去的痕迹，从来没有回头的痕迹。

十二

我是红娘。

我这小丫头，只可怜天下有情的人，要在春水潭中掀起狂澜。

因为我皮肉生得贱，故而不怕打；因为我出身生得低，故
　　而泼辣；

因为我的家学就是下九流、屠狗辈、穿针引线、男盗女娼。

我是红娘。

大字不识的红娘，却传递了暗藏密语的五言诗。

铺床叠被的红娘，才看得穿莺莺胸臆中笼罩的巫山十二峰。

伏低做小的红娘，和崔老夫人斗智斗勇且取得了大大的胜利。

如此辉煌的我，为何既没有来历，又没有去处？

张生的疯狂和莺莺的颠倒，像一张阴沉的背景照片，

短暂地显露出了我的脸和手，我的语调，我的脚步。
很快，随着他们的危机被解开，我又将沉没在湖水当中。
一朵浮萍，穿行在众多侍女们中间，
你无法从灰暗的命运中再次喊出我的名字。

嗳，你问此后我红娘去了哪里？
自打莺莺小姐与那秀才张郎成亲以来，
水晶帘，芙蓉面，日日恩情愈浓。
你是否猜测我仍要去打面水，
扫花厅，是丫环中最受宠的一个？
或许更幸运一点，和张生共鸾帐了呢？

不，我不告诉你。

我没有结局，我有的是未来，
与未来中无限的时间和空间。
古代的豪侠都归于萍水浪迹，
我听过许多这样的事，无来处地来，无去处地去。
那翻江倒海的小蛟龙，花间月下的给事郎。
小红娘是也。

春

周末，驱车去山中，看蜡梅。
山虽深，不忘提醒"不忘初心"，
沿路登上落满花的山坡，一座小愁城，应唱葬花。
田间几棵无花的梅树，《芥子园画谱》的一页，
远看，模糊的山和树木。
遥忆童年去学画，提着洗笔的红水桶。

兰心大剧院之喋血孤岛

我们要如谍战电影般相爱：
狐步舞即兴，电报和阴谋有备而来
阴云般的面纱，网住女明星渐老的脸
在雨丝和雷电上空，横陈着上海美艳的遗容
踏着纷纷破碎的石榴，洗衣房女工的手
多么冷，多像一枝失血了许多年的桃花

逐渐臃肿的欲望，野心却在消瘦
那个汉奸告诉我们：只有被阉割的才能活下去！
他的影子在荧幕上晃了晃就不见了
还是你的迷魂药长久，它使我梦见童年和碎镜子

战火如布景铺开，我们在酒店顶楼看风雨云
机械、电气、密码……都在戏剧中化为黏腻
潮湿的天气，连雄心亦是毛茸茸的
长有初生动物的天真表情，你懒于展翅飞升
将通往文明半球的船票，抛进浪奔浪流……

哀　史

命运是一把你遗弃的团扇，贵妃。

瑶琴上飞回燕子，千江月倒映千张魔鬼的假面。

春风腥膻，神灯狂乱，

你听见狐狸念叨着病榻上皇帝的姓名，通体碧绿。

旧 游

过去我们住在乌衣巷，多么哀伤的旧游。

清晨的雨滴打湿你的鬓边，如同花枝上的露水，

如今原野青黄，寒食节已成为我纪念你的节日。

你离去那天，火星滚烫，飞船远远悬在你的花钿之上。

诞生日

炎热的产房，一株分形植物深红的蕊，

映在玻璃上。生于1994，死于……死于？

记录员的手指在输入器上停顿，短暂地。

短暂的感觉，我记得，童年和玩伴在公园堆沙子，

我们说了再见。你们后来见面了吗？

没有。那座公园是某某人的故居，死人的房子，

活着的人居住在它周围，然后再死去。

原来分别不是乘兴而来，兴尽而返，

而是萍水相逢，尽是他乡之客。唉……

闪电落下时，你刚好看见了黑暗中某人的脸，

于是你称之为朋友、亲人、爱人。

但闪电只有一瞬。

我们所能看见的只有那么多。

那么多，究竟是多么多？连感伤也是含糊其词。

不，恐怕不是这样，卫生员再次回到产房里。

在投骰子的人造世界，

分娩不再是一个滑滑梯的过程。

我记得，童年和玩伴在公园堆沙子，

我们说了再见。被使用过的胎盘堆成了通天的塔。

我们后来又见面了。我听见她的尖叫声和

一阵夏天的蛙鸣。

无毛的幼体变得晶莹，所有人都听见神秘的呜咽，

为了那位再一次生下我的妈妈。

这就是你杀死她的理由？电扇叶片旋转，飞蛾坠落。

记录员离开了落满灰尘的档案室。

畸零花

鲜切花从热带运来，
画框般绞紧你血色的脸，
你能从大厦的广告屏幕里看见成为偶像的你。

粉百合，簇拥着娇柔的面颊；
蓝风铃，诉说着永久的情意；
红牡丹，那是谁的凄艳肌肤？
而黑鸢尾发出现实表面黯淡的光……

有时白色菊花堆满街道，为了纪念附近自杀的学生，
它们很快不见了。哀悼的花粉吹起漫天奇痒。

金发尤物，银色眼皮，你是学校里光荣的第一名，
城市里快速进化的小精灵。
你是幸福的肿瘤，攻陷每个不快乐的细胞。
因为你不仅要活着还要活得杀意四射，
因为神仙的骨头不知道炎热和寒冷，
而你仍然要在冰山融解的星球上待着，
只是待着，哪里也不去，飞船冷冷地挂在窗边。

月亮上的小兔子啊，你曾经在没有空气的神话中起跳，

在寂寞的不存在中扮演舞台和幕布，

现在你用分裂的嘴唇，亲吻人类离奇的外星生活。

"……这里一切都很好，请别担心，嫦娥小姐。

电力充足，轨道平滑，源源不断的牛奶流进大海，

倾倒在垃圾场的蔬菜和水果，像胎儿般新鲜。

没有人在吞咽悲伤的食物，

也没有哪双脚上缝着失血的鞋子。

魔鬼的花苞里盛放佛教的蕊，

我不能辨明历史的花丛中，是否就有传染病学的幻影。

现在夜深，花睡去，我想念嬉戏的日子，

衣袖在星环间飘舞的自由。我正在写一封长长的信。"

解剖谱

在东面，你的大脑缓缓沉落，
神经丛缠绕着柳枝摇曳，金玉埋进土里，
你的质地岂可长久？骷髅与人类游戏，
沉湎于悲哀风物中太久，恐怕忘却落花坠楼的虚掷。

在西面，你的双脚赤条条狂奔，
所有致幻的菌类，在趾间螺旋蔓延，
那么猩红、雪白，那么多迷宫般层层绽开的溃疡。
一个新的未来，还是一个注定沉落的白昼……

在北面，你用手指搅动雨林的方式，
类似于气象瓶中繁衍出鼠妇、蚯蚓和闪电，
你碎裂得无法挽回一张小小的纸币，
游神往海岛上去，流下旧日的泪雨，寂静而迷乱。

在南面，你的心脏被镶嵌入桂树，
蟾蜍的血液满溢，你在痛恨一种无能为力的爱，
现在它也没有了声音，消隐那些动听的名字。
最后的念头，一枝锐利的花刺，正在穿透桂树的芯。

图书在版编目（CIP）数据

女巫聚会的前夜 / 蒋静米著. -- 武汉：长江文艺
出版社，2024.6
（第 39 届青春诗会诗丛）
ISBN 978-7-5702-3470-7

Ⅰ.①女… Ⅱ.①蒋… Ⅲ.①诗集－中国－当代
Ⅳ.①I 227

中国国家版本馆 CIP 数据核字（2024）第 006320 号

女巫聚会的前夜
NV WU JU HUI DE QIAN YE

特约编辑：聂　权

责任编辑：谈　骁　　　　　　　责任校对：毛季慧

封面设计：璞　间　　　　　　　责任印制：邱　莉　　王光兴

出版：长江出版传媒　长江文艺出版社

地址：武汉市雄楚大街 268 号　　　邮编：430070

发行：长江文艺出版社

http://www.cjlap.com

印刷：湖北恒泰印务有限公司

开本：880 毫米×1230 毫米　　1/32　　印张：4.125

版次：2024 年 6 月第 1 版　　　2024 年 6 月第 1 次印刷

行数：2420 行

定价：52.00 元